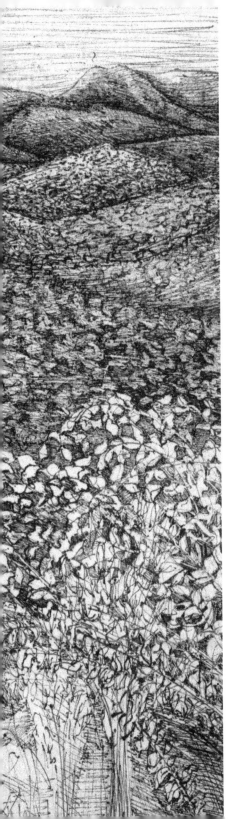

QUIOTE

El sueño de Cuco • Cuco's Dream

Primera edición, 2023
D.R.© Esther Boles
Published by Iguana Books
720 Bathurst Street, Suite 410
Toronto, ON M5S 2R4

Ilustraciones: Esther Boles
Diseño: Roxana Deneb

ISBN 978-1-77180-620-6 (hardcover)
ISBN 978-1-77180-621-3 (paperback)

This is an original print edition of Quiote, el sueño de Cuco / *Quiote, Cuco's Dream.*

QUIOTE

El sueño de Cuco • Cuco's Dream

Texto e ilustraciones ׀ Text and illustration
Esther Boles

De madrugada, Cuco vio algo
extraño y verde por la ventana.

Early one morning, Cuco saw something
strange and green outside the window.

Afuera vio el quiote del
maguey, y pensó que
ayer no estaba.

Outside he saw the
quiote in the maguey,
and he reckoned that
yesterday it wasn't there.

—¿Ya viste el quiote? —dijo su
hermano—.
Lo voy a tumbar mañana para comer.

—No. No lo cortarás —dijo Cuco—. Éste
es mío.

"Seen the *quiote*?" said his brother.
"I'm going to knock it down
tomorrow, to eat."

"No, not this one," said Cuco. "This
one is mine."

Todo ese día en la escuela se preguntó cómo podría evitar que su hermano cortara el quiote.

All day at school he racked his brain about how to stop his brother from taking the *quiote*.

—¿Quién me dice qué es una entidad federativa?
—preguntó la maestra.

—... cinco metros —pensó Cuco en voz alta,
y todos los niños se rieron.

"Who can tell me what a federal entity is?"
asked the teacher.

"...five metres," said Cuco, thinking out loud,
and all the kids laughed.

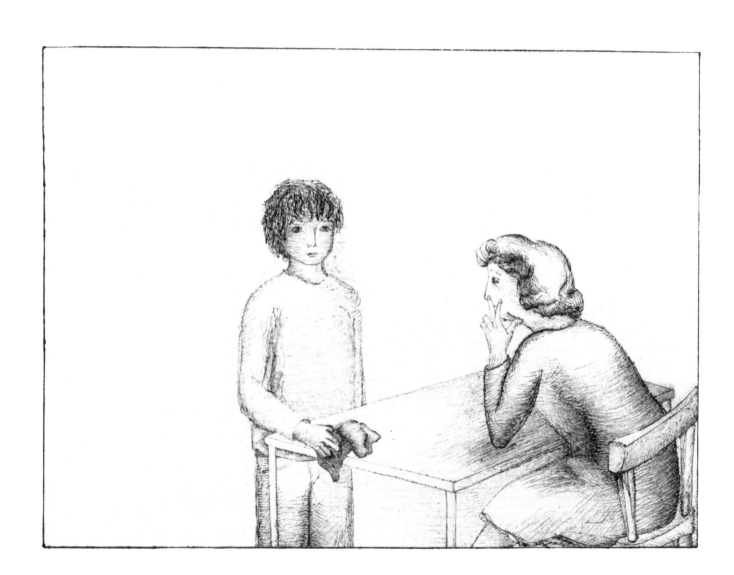

Por distraído, Cuco hizo el aseo del salón.

—¿Conoce el cuento del gigante? —le preguntó a la maestra.

—¿Es un cuento mexicano?

Cuco trató de recordar.

—No creo —dijo apenado. Luego empezó a balbucir—: La parte que más me gusta es cuando el gigante dice: "Fi, fai, fo-u, fum".

—¿Fi... qué? No lo conozco —dijo ella.

For not paying attention, Cuco had to clean the classroom.

"Do you know the story of the giant?" he asked the teacher.

"Is it a Mexican story?"

Cuco tried to remember.

"I don't think so," he said, embarrassed.

Then he began to stammer: "My favourite part is when the giant says Fee, Fie, Foe, Fum."

"Fee-what? I don't know it," she said.

Por la tarde, estuvo ayudando a su madre en el puesto de alfeñiques.

In the afternoon, Cuco was helping his mother with her *alfeñique* stall,

Pero quería volver lo antes posible a casa.

but he wanted to get home as soon as possible.

Luego, trajo el carbón a la
taquería del tío Poncho, y pensó
que todo estaría oscuro cuando
llegara a casa.

Later, he carried charcoal to Uncle
Poncho's taco stand, and he knew that
everything would be dark when he
got home.

Apenas le dio tiempo para hacer la tarea.   He barely got his homework done.

El quiote veló la noche.

The *quiote* stood watch through the night.

—Allí estás —dijo al día siguiente, aliviado.

"There you are," he said in the morning, relieved.

—¿Qué vas a comer?, ¿tacos dorados o huevos rancheros?
—le preguntó su madre.

—Quiero cereal —dijo Cuco,
impacientemente mirando a todas partes.

"What will you eat? Fried tacos or ranchero eggs?"
his mother asked him.

"I want cereal," said Cuco,
impatiently looking in all directions.

—Cielos…

—Whoops…

No lo podía creer. El quiote
se perdía entre las nubes.

He couldn't believe it. The
quiote was up to the clouds.

Cuco se abrió paso
entre las pencas y
empezó a trepar.

Cuco pushed his
way between the
leaves and began
to climb.

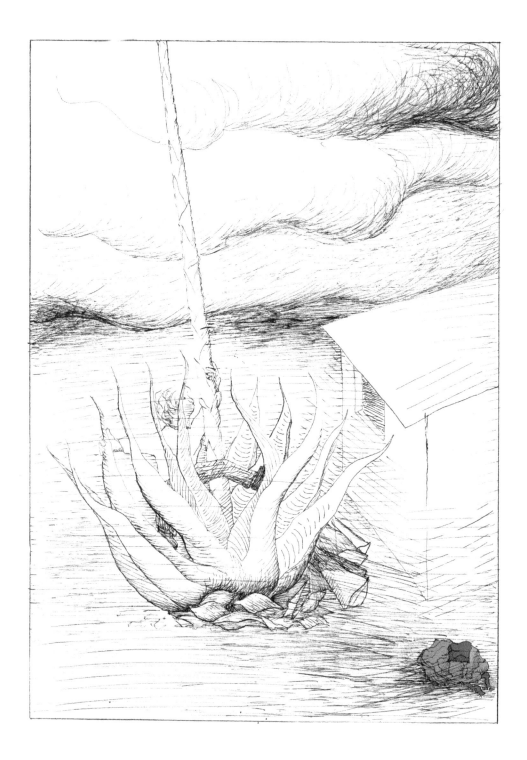

Al principio se
resbalaba mucho.

At first it was very
slippery.

Pero seguía trepando.

But he kept going.

—Perdóname —le susurró al quiote—, hay algo que necesito ver allá arriba.

"Sorry," he whispered to the *quiote*, "there's something that I have to see up higher."

El sol bañaba las nubes con su luz dorada, y Cuco no podía ver nada.

The sun was bathing the clouds in gold, and Cuco couldn't see a thing.

Subió más y más alto...

He climbed higher and
higher...

...y vio aves gigantescas.

...and he saw giant birds.

Pero entonces el quiote empezó a temblar...

But then the stalk began to shudder...

A lo lejos, la hoja de un machete atrapó la luz.

Far below, the blade of a machete caught the light.

—¡No! ¡Deténganse! ¡Me caaaaaaaiigoooo!
—gritó, muerto de llanto y de risa.

"No! Stop! I'm faaaaalllliiiiiiiiiiiiiiing!"
he yelled, laughing and crying all at the same time.

—¡FI, FAI, FO-U, FUM!—rugió Cuco, y su voz corrió por las nubes.

"FEE, FIE, FOE, FUM!" he roared, and his voice went rolling over the clouds.

Y siguió adelante…

And he climbed higher…

...cada vez más alto...

...and still higher...

Hasta que el tallo se hizo muy delgado.

Until the stalk was very thin.

Y allí estaba.

And there it was.

¡El tallo era tan delgado…!
Hizo un gran ¡crac!,
y Cuco se soltó.

The stalk was so thin…!
It gave a great *crack*,
and Cuco lost his hold.

Sólo una flor
detuvo su caída.

Just a flower
slowed his fall.

Un poco.

A little.

Bueno, casi.   Well, almost.

—Refugio —sollozó su madre.

—Qué gusto verte, Cuco —dijo uno de sus vecinos.

—Si supieran lo que yo pude ver allá arriba
—dijo Cuco.

Pero de pronto los miró a todos, y ahora aquella
gente le parecía como parte de un sueño.

"Refugio," cried his mother.

"Good to see you, Cuco,"
said one of his neighbours.

"You should have seen what I could see
from up there," said Cuco.

But suddenly he looked at them all,
and now those people seemed
like part of a dream.

Fin · The end

En México le llaman "quiote" al tallo de la flor del maguey. El nombre científico del maguey es *Agave Americana*. Tiene su origen en climas áridos de América, pero hoy se encuentra en muchas regiones del mundo.

El maguey florece una sola vez en su vida. Primero lanza un tallo grueso que crece a razón de siete pulgadas por día y puede alcanzar una altura de hasta diez metros. Luego, la parte superior se bifurca en varios ramilletes de hermosas flores. El quiote, sin embargo, puede tardar 10 o 20 años, o más, en aparecer, dependiendo del clima. Se dice que algunas plantas han florecido después de 80 años.

El quiote es comestible. Tradicionalmente se hornea cavando un hoyo en el suelo. Allí se cuece entre piedras calientes y brasas, tapado con tierra y grandes hojas verdes hasta por cuatro días. Se vuelve una suave y jugosa pulpa dulce, con sabor ahumado.

Contrario a la creencia popular, el maguey no es un cactus, sino que pertenece a la familia del espárrago y es pariente cercano a los lirios y las amarilis. Atrae a los colibríes y resiste a los ciervos.

In Mexico, the word for the flower stalk of the maguey is *quiote*. The scientific name for the maguey is *Agave Americana*. It originates in arid climates of the Americas but today it can be found in many regions around the world.

The maguey blooms only once in its lifetime. First it sends up a thick stalk which grows at a rate of seven inches per day and can reach a height of up to ten metres. Then the upper portion branches out into beautiful clusters of blossoms. This *quiote*, however, may not appear for 10 or 20 years, or more, depending on the climate. Some plants have been said to bloom after 80 years.

The quiote is edible. Traditionally, it is cooked by digging a hole in the ground. Here it bakes in between hot stones and charcoal, covered with earth and large green leaves, for up to four days. It turns into a soft and juicy sweet pulp, with a smokey flavour.

Contrary to popular belief, the maguey is not a cactus but belongs to the asparagus family, and is closely related to the lily and the amaryllis families. It attracts hummingbirds, and is deer resistant.

QUIOTE

El sueño de Cuco • Cuco's Dream

de Esther Boles, se terminó de editar en junio de 2022.
Para su composición se utilizó la tipografía Memphis diseñada por Rudolf Wolf.

La autora quisiera agradecer a Edgar Reza por su invaluable ayuda y revisión,
a Roxana Deneb por su trabajo transformativo en el diseño gráfico
y a Paola Aguirre, por sus cuidados de edición.
The author would like to thank Edgar Reza for his invaluable help and revision,
Roxana Deneb for her transformative graphic design work
and Paola Aguirre, for her editorial care.

Ingram Content Group UK Ltd.
Milton Keynes UK
UKHW020632130423
420028UK00006B/43